KB236495

꿀잠

꿀잠

송경동 시집

삶창

시인의 말

현장에서 일할 때 산재로 죽어가는 사람들을 여럿 보았다. 나도 그렇게 죽을 수 있다는 생각을 늘 유서처럼 가슴에 담고 살았다.

딱, 하나 바람이 있었다면 제발 겨울에 떨어져 죽지만 말자는 것이었다. 고통스럽게 죽어가는 것은 참을 수 있었지만, 내복 두 벌을 껴입고 다시 솜바지를 입고도 살이 에이게 추운 것은 참을 수 없었다.

하필 태어난 시대가 자본주의 시대였다. 그래서 고작 우리가 꿀 수 있는 꿈은 나의 경우처럼 죽어도 따뜻한 여름에만 죽을 수 있다면 좋겠다는 것이었다.

행복한 시대를 너무 행복하게만 살아가는 사람들아. 이것은 좀 너무하지 않는가. 조금은 더 모두가 고르게 행복한 사회가 되어야 하지 않는가.

어느 틈에 보니 사십이 되어 있었고, 가난했고, 동굴 속처럼 텅 비어버린 영혼을 갖게 되었지만 어떤 후회도 회한도 없다.

다시 이 텅 빈 마음 밭에 심을 작은 나무 한 그루를 찾아본다. 큰 것들을 버리고 작은 것들을 찾아본다.

세상의 하고많은 사람 중에 나를 선택해 삶이 늘 견딤이고 아픔인 수정과 관호.

더불어 한 시대를 건너온 구로 지역 동지들, 전국노동자문학연대와 삶이보이는창 벗들께 고마움을 전한다. 사랑했던 사람들, 사랑했던 일들을 더 오래 사랑하는 일만을 남겨놓겠다.

2006년 3월

송경동

차례

제3부

제
1
부

손

버스 기다리는 척 벼룩시장이나 교차로를 슬쩍 뽑던 손
무담보 신용대출 854-2514 전봇대에 붙은 번호표를 뜯
던 손
전철이나 버스 손잡이를 잡지 않던 손
악수하기를 꺼리던 손
손톱 밑에 검은 때가 끼어 있던 손
괭이가 박혀 있던 손

어이, 하며 저쪽 철골 위에서 환하게 흔들던 손
야 임마, 하며 반가워 손아귀를 꽉 쥐면 얼얼하던 손
H빔 위에서 떨어질 뻔한 내 등을 꽉 붙잡아주던 그 손

아침

새벽 잠결 떨치고 오토바이 타고
화공약품 내음 싱그런 공단로를 부웅 달리다 보면
어느새 아버지 뒷자리에 와 앉아 계신다
틀니 히히 웃으시며

"참 좋다. 나도 진즉 서울로 올 걸 그랬제.
늙은 사람도 헐 만한 일이 있던?" 하시며
친구처럼 꼭 붙어 신나 하신다

등이 따숩다

쇠살

쇠살에 부딪쳐
다쳤다는 말들은 모두 거짓말

쇠살만큼
착하고 여린 것도 없다
자르면 자르는 대로
댕강댕강 잘려나가
작아진다
구부려 놓으면
그게 저인 줄 알고
갈면 가는 대로 저를 덜어낸다
강철이건 잡철이건
금세 녹아 한 덩이 된다
1센티미터도
저를 속이지 않는다

억지로 미니까 후려친다

강제로 자르니 무너진다

공구들

퇴근 무렵
지상으로 올라와 공구를 챙기는데
두개골이 삐쩍 마른 오십 대 중반의 사내가 다가와
혹시 사람 안 쓰는 게라? 하고 묻는다
일용으로 질통과 곰빵은 져봤지만
시골서 농사만 지어 용접도 제관도
토목일도 해본 적 없다 한다
곰빵은 힘들던가요 물으니 그렇더라 해서
이곳 일은 더 위험하고 힘든데 하겠어요? 하자
갱조개 같은 입술을 질근 물고
핏기 없는 눈에 힘을 불끈 주며
무슨 일인들 해야지라 한다

작업반장에게
내 조공으로 붙여주면 좋겠다고 했는데, 안 됐는지
해 질 녘 미등을 켜고 달리는 차들 사이로
멀어지는 그의 가는 어깨가 더 늘어져 있다

일상 日常

와야줄이 터지면 튕겨 나온 샤클에 목울대를 맞아
그 후로 허컥허컥 헛기침 버릇이 생겼다는 김 씨와

프레스 밟다 손가락 하나 날리곤
마찌꼬바는 쳐다보기도 싫다는 홍 씨와

얼마 전 산재로 발목을 삐었지만
공상 처리하고 나왔다는 채 씨와

어디에서 상했는지 허리와 무릎이 다 망가져
쪼그려 앉아 오래 하는 일은 딱 질색인 내가

드럼통 화덕을 사이에 두고 도란도란
초겨울 늦은 아침참을 먹는다

우유 하나에
맛있는 카스텔라 빵 하나다

설명하기 참 힘들다

―어느 지하 생활자의 보고

지하 토목공사 때 파 들어갈 땅 주변 붕괴를 막기 위해 수직 H형 철골빔들을 박는다. 이것을 파일이라 한다. 땅을 파 들어가며 이 파일들이 주변의 지압을 견디게 하기 위해 다시 철골빔을 마주 본 파일 사이사이에 수평으로 대준다. 이것을 버팀목이라고 한다. 20~30m짜리 버팀목은 없어 두 토막 내지 세 토막을 이어야 하는데, 이 연결 마디의 꺾임을 막기 위해 두 버팀목이 맞닿는 부위에 패드처럼 쇠판을 얹는다. 이것을 연결판이라고 한다. 연결판은 서른 두 개의 볼트로 두 토막을 이어 휨을 방지해준다. 이때 볼트 구멍은 꼭 드릴을 사용해 뚫어야 한다. 산소절단기를 댈 경우 열변형으로 버팀 강도 저하가 오기 때문이다. 하지만 우리는 꼭 산소절단기를 이용해 그 구멍을 뚫었다. 붙잡을 것 하나 없는 허공에서 폭 30cm짜리 빔을 딛고 30kg이 넘는 핸드드릴을 사용하는 것도 위험한 일이지만 작업 속도를 높이기 위해서다. 버팀부 주위에 전등을 많이 달지 않는 것도 이곳이 안전 계단으로 다니는 감리들의 눈에 띄지 않게 하기 위해서다. 그곳에서 오늘 유 씨가 떨어져 죽었다. 재수가 없거나 발을 헛디뎠을 뿐이다.

목발

천호역을 뚫던 지하철 공사장에서
무서웠던 것은 원청도 감리도 아니었다
지하수가 새어 들어오던 측벽도
비에 젖은 400볼트 홀다선도 아니었다

그것은 목발을 짚고 철일을 하는 김 씨였다
아니 철일을 하는 김 씨의 목발이었다
난 그의 목발이 말을 걸 때마다 오싹했다
그가 화를 낼 때면 섬찟했고
그가 나서서 일을 도울 땐 멈칫했다

끔찍한 것은 그 목발과 정이 든다는 것이었다
그가 야단을 맞을 때면 함께 쓸쓸했고
그가 간이 숙소 벽에 기대 쉬고 있을 때면 평온했다
잔술 취해 그와 어깨 걸면 참 따스했다

김 씨는 무엇도 낳지 못하는 선천성 불구였지만

나무토막에도 힘줄을 세우고 핏줄을 놓아
생명을 불어넣는 기이한 힘을 얻었다
난 그 힘이 무서웠다

저녁 불빛

땡볕 공사장
가까스로 하루 일 마치고
간이 세면장 거울 앞
알몸으로 서면
데인 자리 긁힌 자리 찍힌 자리 모두
쇳가루 흙먼지 땀으로 버무려져
고운 청동 빛

찢긴 휘장 사이로 불어오는
선선한 저녁바람 한 점
찔찔거리는 한 꼭지 물에도 겨워
까닭 없이 죄인처럼
고맙다 고맙다 하며
정성스레 하루의 허물도 씻는
저물녘

창 너머 작업등도

수박등처럼 빨갛게 익어가는

아름다운 시간

용접꽃

썩지 않는 꽃

안전벨트 하나 매고
70m 베셀 90도 깎아지른 쇠벽에
아로새긴 꽃

440볼트
혼신의 전력을 바쳐
단 일 획에 그려져야 하는 꽃

피 튀기며 피었다
일순간 사라지고 마는 이 꽃처럼
살자던 한 굳은 맹세

암호명

공친 날 함바
손톱 밑 때 빼고
깔끔한 옷 갈아입고
현장 입구 횡단보도 앞에 선다
하루쯤은 현장 아닌 곳에도 가보고 싶은데
어디로 가야 하나
수첩 속 전화번호들이 각기 암호를 대라 한다
횡단보도 저편의 길이 '암호!' 한다
내 암호명은 일용공비정규직
노동 이외엔 어울릴 친구가 없다고
빨간 신호등이 자꾸 깜박거린다
거리가
닫힌다

제철소에서 일할 때

가끔 냉연공장으로 땡땡이쳤다
철부지였다
레일을 타고 흐르는 황금빛 철괴에
스프링클러 물방울이 닿으면
뭉게구름 위로 무지개가 떴다

생각건대 늘 그 자리였다
쉿물결보다 쉿물결들이 뿜어내는
강렬한 세계에의 의지
그 스펙터클한 무지갯빛이 좋았다
하지만, 나 이제 다시 산다면
그 무지갯빛 보지 않겠다

들끓는 화염에 눈멀어
자신이 피어 올린 뭉게구름도
무지갯빛도 보지 못한 채
혼절해간 사람들

한 덩이로 녹아 흐르는

화엄 용광로

뜨건 도가니가 되겠다

저 하늘 위에 눈물샘 자리

흰 물안개 위로 촌로와 동자가
한가로이 노니는 한 폭 그림 뒤 응급실로
흰 거품을 물고 실려간 당신을 생각한다

고향엔 샘 맑은 집도 있다 했던 당신
고향 떠난 맘 안다며
연변 교포 황 씨 막걸리 배 허하지 않게 하고
불법체류 코 펜 네팔 친구
자상히도 챙기던 당신
당신 혈압이 낙숫물마냥 또옥 똑 떨어지고 있다는데
가볼 수 있는 건 낯선 본사 직원들과 흰 가운들뿐
우린 흙 묻은 안전화를 끌며 계단을 서성이다
후문을 나서 다시 새벽 작업장으로 간다
의지가지없는 철골 공사장
수십 미터 허공 외빔 위에서 만나면
번갈아 길 터주며 목숨을 나누던 우리
우리도 꼭 한마디

당신께 드릴 말 있을 듯한데
이젠 식어간다는 당신

잘 가시라
가서라도 액자 속 촌로와 동자처럼
흩어진 식솔들 모아 편안하게 잘 사시길
잘 가시라
가서라도 이 추운 겨울 새벽 7시 같은 날
다시 수십 미터 허공 위 얼어붙은 빔을 타라 한다면
그가 옥황상제라도 면상을 걷어차 버리시길
잘 가시라
으깨진 눈두덕에 맺혔던 피눈물일랑 우리 눈에 다 주고
한땐 4H 영농후계자
최 씨 아저씨 잘 가시라

쇠밥

흙먼지에 섞어 먹는 밥
싱거우면 녹 가루에 비벼 먹고
석면 가루도 흩뿌려 먹는 밥

체인블록으로 땡겨야 제맛인 밥
찰진 맛 좋으면 오함마로 떡쳐 먹고
일 없으면 고층 빔 위에 혼자라도 서서 먹는 밥

시큼한 게 좋으면 오수관 때우며 먹고
새콤한 게 좋으면 가스관 때우며 먹고
연장이 모자라면 이빨로 물어뜯어서라도 먹어야 하는 밥

무엇보다 나눠 먹는 밥

1톤짜리 앵글 져다 공평하게 나눠 먹고
크레인 포클레인 지게차 기사도 불러
함께 비지땀 흘리며 먹는 밥

석양에 노을이 질 때면

아내와 아이도 모두 사이좋게 앉아 먹는

그 쇠밥

철야

천장 있는 곳에서
일해보는 게 소원이던 시절
발전기 내리고 쓰러져 잠든 새벽이면
작업선들도 곤했다

전기선 위에 그라인더선
그라인더선 위에 절단기선
절단기선 위에 알곤선
알곤선 위에 용접홀다선
용접홀다선 위에 체인블록 쇠줄
체인블록 쇠줄 위에 물먹은 동아줄
물먹은 동아줄 위에 수평 호스
수평 호스 위에 사게보리 실까지
얽히고설켜
잠든 모습이 착했다

하늘 위에서 보면

작업장 이곳저곳 쓰러져 누운
우리 모습이 또 그렇게
칡넝쿨마냥 얽혀 보였을 것을
깊은 잠들에 빠져
우린 우리의 얽힌 모습을
볼 수 없었다

이총각뎐

쇠도 느글느글 늘어지는 정오 지하철 공사장
도로 켠 가로수 밑에 종이 박스 깔고 누워
쉰넷 이 총각 시언허니 오침하네
용접빛에 그을리고 산소 불꽃에 익어
불그족족한 얼굴 자다가 희쭉희쭉 웃네
으드득 으드득 이빨도 가네 지가 무슨 람보라고
바지 들쳐 밀고 아랫도리에 산봉우리 세웠네
지나가던 처녀들 낯봉오리 꽃봉오리 보기 부끄러워
삽자루로 확 밀쳐버리려다가 참네
밥만 먹곤 못 살아
일만 하곤 못 살아
누구라도 살아 그 마음에
꼿꼿한 욕정 하나 없으리

제
2
부

쪼그라 앉은 사람들

집 밖에 나와 저무는 바다를 바라보며 쪼그라 앉은 사람들
집 밖에 나와 저무는 산등을 바라보며 쪼그라 앉은 사람들
집 밖에 나와 저무는 들녘을 바라보며 쪼그라 앉은 사람들
집 밖에 나와 저무는 강줄기 바라보며 쪼그라 앉은 사람들

집 밖에 나와 시금치며 부추며를 팔고 있는 쪼그라 앉은 사람들
집 밖에 나와 악다구니로 생선을 팔고 있는 쪼그라 앉은 사람들
집 밖에 나와 이쑤시개며 좀약이며를 펼쳐두고 쪼그라 앉은 사람들
집 밖에 나와 지하도 녘이나 공원 양지 녘에 쪼그라 앉은 사람들
집 밖에 나와 쪼그라 앉은 사람들 사람들

그들은 아무 말도 하지 않았다

어둠 깔린 가리봉오거리
버스 정류장 앞 꽉 막힌 도로에
12인승 봉고차 한 대가 와 선다
날일 마친 용역 잡부들이 빼곡히 앉아
닭장차 안 죄수들처럼
무표정하게 창밖을 보고 있다

셋 앉는 좌석에 다섯씩 앉고
엔진룸 위에 한 명이 더 앉았다
육십이 훨씬 넘은 노인네부터
서른 초반의 사내
이국의 푸른 눈동자까지
한결같이 머리칼이 누렇게 쇠었다

어떤 빼어난 은유와 상징으로도
그들을 그릴 수가 없다
그들은 아무 말도 하지 않았다

동네 이발소에서

어떻게 깎을 거냐는 말에
저번 머리가 참 좋더라 하자
가위질 소리
쉬엄쉬엄 백 번 들릴 게
째각째각 이백 번도 넘게 들린다
아저씨 담배 한 대 길게 하고
하품 두서너 번 할 동안도
주인아줌마 면도해주기
머리 감겨주기 말려주기
다 끝나지 않는다
흔쾌히 맞은 나를 시작으로
오늘의 성업을 간절히 바라는
이들 나름의 축원이려니 하며
깜박 졸음 드는데
누가 내게도 다가와
아, 당신이 한 용접 참 튼실합디다
한마디만 해준다면

좋겠다는 생각

막차는 없다

비 그치고
막차를 기다리고 선 가리봉의 밤
차는 오지 않고
밤바다 쪽배마냥 작은 리어카를 끌고 온
한 노인이 내 앞에 멈춰 선다

그이는 부끄럼도 없이 휴지통을 뒤져
내가 방금 먹고 버린 종이컵이며
빈 캔 따위를 주워 싣는다
가슴 한가득 안은 빈 캔에서 오물이 흘러
그의 젖은 겉옷을 한 번 더 적신다
내겐 쓰레기인 것들이
저이에게는 따뜻한 고봉밥이 되고
어떤 날은 한 소절의 노래
한 잔의 술이 되어 넘어갈 거라고 생각하니
목이 멘다 눈물이라도 돈이 된다면
내 한 몸 울어줄 것을 어둔 밤

나는 무엇을 기다리고 섰는가

저기 두 눈 뜨고도 말 한마디 못 하고선
내가 실려 가는데
저기 두 눈 뜨고도 말 한마디 못 하고선
한 세월이 멀어져가는데

마지막 술집

간판이 없는 집
이층에 있던 집
술을 시키면 주인은 한숨부터 쉬던 집
담배 연기가 동그랗게 말려가던 집
내의 자락 끌며 공동변소 다녀올 때면
그 합수 냄새가 어쩔 땐 좋고
어쩔 땐 싫던 집

그 술집이 있던 동네 길가
공동수돗가에서 얼굴을 씻던 집
수챗구멍 속 쥐 눈망울이 크고 맑던 집
키 낮은 집 대문이 방문이어서 골목길에
신발 여섯 짝 가지런하던 집 어깨가 끼는
직각 사다리를 타고 올라가 이층에 있던 집
방 세 칸이 수도꼭지 하나 마주 보고 있던 그 이층집
그 수돗가에서 쌀도 씻고 오줌도 누고 토하기도 하던 집
문밖에 철제 캐비닛 하나씩은 다 갖고 있던 집

장롱 내어두고 거기에 닭도 키우고
오리도 키우던 집
떼어 가면 만 원도 받고
오천 원도 받던 수은등 아래
전깃줄이 10차선 20차선으로 내달리던 골목
그 골목에 살던 사람들

날일로 지방에 가 한동안 돌아오지 않던
미장이목수철근곰빵질통전기조적방통공구리덴죠닥트
선반칠도배
또 한 사흘은 보이고 한 이틀은 보이지 않던
빌어먹을화상쪼다머저리푼수벅수웬수개병쟁이귀머거리
반팽이칠뜨기얼치기반푼이팔푼이들과
고물을 주우러 다니던 영감 박스를 주우러 다니던 할멈
얼굴이 미역오리처럼 마르고 흰 버짐이 피던 계집애들
낮에는 자고 밤에만 출근하던 처녀
등쳐먹고 살던 기둥어깨건달양아치들

일식집 나가던 아줌마 갈빗집 나가던 아줌마

집에서 부업으로 미싱을 밟고 구슬을 꿰던 사람들

혼자 살던 할머니 혼자 살던 아저씨 혼자 살던 아이들

거기 거기 밤이면 열심히 돈 없이

돈 버는 사업계획서를 짜던 아이

성당 청년부 일을 하며 인사성 밝던 아이

이빨 사이로 침을 틱틱 뱉으며 삐끼집에 나가던 아이

가까운 공단에 다니던 아이

그러다 맑스도 읽던 아이

우 몰려와 인생을 논하고 세상을 개탄하던 청년들

유인물 끼고 새벽에 나가던 청년들

그 청년들 잘 가던 이발소, 옆에

생선이 없던 생선 가게, 옆에

거북선요 하면 거북선이 안 나오고

솔이 나오던 담배 가게

어우러져 어우러져

이 모든 사람들 가끔은 들르던 술집
그 술집이 있던 닭장 골목
그 골목 밀고 이제는 멋진 아파트가 들어선다는데
나는 왜 이리 슬픈가 집을 잃은 아이처럼
버림받은 아이처럼

거꾸로 사는 집

채마밭 한 뙈기 없이
다세대 3층에 사는 나는
옥상에라도 모종 그릇을 안고 사는
사람들의 꿈이 부럽다
그들이 갖고 있는 한 다라 한 움큼의 흙이
머리로부터 뿌리내려 수면을 즐겁게 하고
문전성시를 이룬 가게에서
손님을 잡아채는 완력이 되는 것만 같아
부럽다 하지만 돌이켜
그들이 무섭다 한 줌의 흙을 머리에 이고
대지로부터 유배당한
슬픈 우리들의
거꾸로 사는 집

화성사는 없다

학원 차 지입 아르바이트를 하던 시절. 친구 한 명을 데려
오며 오천 원을 주는 학원에서 여섯 살배기 슬기는 종일반.
슬기는 좋은 부모 만나 호강하나 했는데 시흥동 말미고개
넘어 물어물어 찾아든 어둔 골목에서 만난 슬기 아빠 엄마
는 눈꺼풀이 반쯤 덮이고 몇 번 끓인 국처럼 졸은 사람들.

불 밝힌 곳이라곤 한길가에 원단 말이를 내놓은 가게 하
나뿐. 그 오래된 함석 문에 상호 보여 "화성산가요?" 물으
니 슬기 아빠 꼭 어디라는 얘기 없이, "이 근처에서 크락숀
을 누르면 됩니다" 한다. 슬기 엄마 손목 토시를 조심스레
숨긴다.

아직도 일은 끝나지 않은 모양. 드르륵드르륵하는 소리
는 자꾸 감겼다 끊기고, 길보다 낮은 반지하 봉제방 하얀
백열등 아래 재봉틀 빈자리 두 개가 눈에 잡혀 눈시울 뜨거
웠다.

홍제동 산1번지

땡볕 징글징글한
홍제동 산1번지, 조용하다
풍상에 말라 쪼개진
문패 쪽들도 한적하다
넓은 잎 그늘에 숨어
애기호박만 선선하게 잠들어 있다

무료한 때
온몸이 시커멓게 탄 일개미 한 마리
지 몸만 한 먹이를 끌고
아득바득 돌계단 올라오고 있다
무심한 생각에 이마 때리듯 튕기니
서너 계단 밑으로 가 꺼꾸러진다

누구라고 이 뙤약볕에
일 나가고 싶었으랴
선남이 아빠 리어카

단속반 함마질에 다 부서지고
선남이 아빠 이마 터져
쉬고 있는 날이었다

생산자

선착장 빈 배에 올라 나도 한번 물엣것을 뺏어보겠다고
덤비는데 오후 뱃질 마치고 들어오던 한 사내가 말더듬이
소리로 설, 설에서 왔느냐고, 오징어똥 오징어똥 아니면 물
지 않는다 합니다. 낚싯대 뺏어 온통짜리 갯지렁이 끼워 여
기저기 후떡후떡 던져보고는 안 된다고 합니다. 소주나 한
잔 먹게 따라오라 합니다.

여든 노인네 둘이 복두꺼비 폼으로 앉았는 바닷가 점방.
밑안주는 습기 젖은 무슨 깡입니다. 사내는 몇 번이나 영도
놈에게 가서 아나고나 몇 마리 가져올까 하지만 그놈에게
서는 입때껏 생선 대가리 하나 못 얻어먹어 봤다고 할머니
가 역정을 냅니다. 점방 안 기웃거리던 중늙은이 하나가 사
내를 보며 화색을 합니다. 소주 두 병을 내고 갓 담은 오징
어무침 한 중발을 들고 옵니다. 혀에 고추장 묻히니 비로소
소주 맛이 제대로 돕니다. 중늙은이는 수산공장 사장이었
는데 불경기로 폐업 후 놀고 있다고 구멍치기로 뱀장어라도
잡아 팔까라고 농합니다. 어촌계장이 달라 하면 문어 한 마

리씩이라도 그냥그냥 주라고 니만 다 묵을라고 하면 되느냐고 사내를 나무랍니다. 사내는 몇 번이고 내일 물때 맞춰 선착장에 들르라고 합니다.

할머니 늦은 저녁밥 짓는 소리 따라 쥐들도 부산해질 무렵. 지나던 모시 삼베 중중늙은이 둘 와서 또 호기 있게 안주 없는 소주 두 병을 더 냅니다. 니만 다 묵을라냐고 문어 다리 맛본 지가 오래라고 어둔 잔술에 젖어와서인지 말 돌리지 않습니다. 사내는 혀 짧은 소리로 여하튼 낼 선착장으로 나오라고 합니다. 내가 언제 혼자 묵드냐고 언성입니다. 그렇게 여인도 아닌 것들이 굶주린 바다 갈매기들처럼 사내 주변에 쑤굴거리는 밤. 냉동공장 터번 도는 소리에 자꾸 말들은 감기고 어디선가 바다를 향해 철철철 흐르는 검은 하수 소리. 사내는 그래도 배가 세 척이라는 영도 놈 형제만 자꾸 욕하며 자기는 다르다고 더듬거립니다.

모두들 취하지 않고 사내만 잔뜩 취한 밤. 늦은 비바람은 불고 몇 번이나 작별 인사를 하려 했지만 사내는 바다에, 술에 젖은 몸을 돌이키지 못합니다. 쫓아가 부축하며 간신히 얼굴 마주치니 눈빛이 빈 고물마냥 춥고 허전해져 있습니다. 너도 똑같은 놈 아니냐는 듯. 당신은 '생산자'예요라고 꼭 한마디 하고 싶었는데 갈 길 잃은 내 말은 마른 생선 거죽처럼 입천장에 달라붙어 나오지 않았습니다.

깨끗한 풍경

태백산 자락 인적 끊긴 국유림도
터벅터벅 또 한 산굽이 돌자
세 명의 산림청 하급 직원들이
순한 포클레인과 트럭 한 대를
천 길 낭떠러지 위에 묵화처럼 걸어두고
식은 찬합 밥을 먹고 있다

사람이 아니고서는 만들지 못할 풍경!

지지난 날 태풍으로
깎이고 파인 길을 손질하던 참이라는데
그들이 간지럼 태우면
산도 계곡도 그만 모공 서늘해져
있는 손 없는 손 모두 손사래질 치며
킬킬킬거리며 온 산 한 번 더 싱그러워질 것만 같아
태풍에 씻긴 나뭇잎마냥
푸릇푸릇 좋았다

순례기

재개발 기다리는 닭장촌 입구께
내가 애용하는 이 이발소는 허름해 좋다
이름도 귀찮다는 듯 한두 획은 버렸다
물은 언제나 오래된 욕조 가득 찰랑이고
찜통 위에선 다친 수건도 노곤노곤

가끔 반장도 하수도계원도 찾지만
대부분은 손 굵은 학생부군신위들
얌전히 앉아 차례 기다린다
때 탄 토정비결집 손금과 제 손금 번갈아 보며
멀리서 온 사람들처럼 존다 잊을 만하면
까치집 지어 온 사람들일수록 주문 많다
박 터진 자리 기계충 먹은 자리 다 가르쳐주고도
못 미더워 내내 가위 끝만 본다
한 번 깎으면 3개월은 족히 가야겠기에
나중엔 짧게만 깎아달라 한다

볼이 곰보처럼 얽은 주인아짐은 면도가 전문
부끄러운 잔털 하나도 놓치지 않는다
세상의 욕망도 다 깎여나가 맨지름해지면 좋으련만
쉬쉬거리며 머리를 감기는 주인아짐 앞에
고개 수그리고 있다 보면
고개 수그리고 사는 게 억울하고 분통 터지던
지난 살이도 다 씻겨나가 말끔해진다

그런 값 고작 4천 원
츄잉껌 한 개와 말보로 담배 한 대 불 붙여주고
주인 내외 문밖 배웅까지 포함함 값
갈치 굽는 내음 진동하는 어스름 닭장 골목
휘파람도 휘휘나 불며 돌아오다 보면
멀리 있는 달보다 가까이 있는 수은등이
내겐 더 소중하고 고맙다는 믿음 하나 오롯하다

바닷가 야유회

들어보니 어느 시골 성당에서
새로 교리 받은 사람들인가 보다
핸드 마이크로도 통제가 안 된다
아들 하나 딸 하나에 마누라 농사도
하나밖에 못 지었구만유 하는 사람
마누라 바꿔가지고 나와
오늘 지었구만유 하는 사람

재미있어 보이는데
그들이 그만 판을 잡치고 말았다
얼굴이 얽고 돼지 발굽처럼 손이 굽은 아낙과
얼굴에 비료기가 조금은 부족한 사내였다
농사는 안 허는디요, 소작 허는디요
소작이 농사지 뭐여 웃던 사람들도
소작이 무신 농사여 하던 사람들도 조용해졌다
아낙의 얼굴에 핀 더운 열꽃
십 수 년 공장 일에 건강 베려

시골 온 지 얼마 안 됐다고
횡설수설하는 사내

나도 그만 엉덩이의 모래를 툭툭 털고
바닷가로 나갔다
저 바다라도 보지 않으면
하해와 같은 그 은혜를 어디에서 찾을 것인가

제
3
부

꿀잠

전남 여천군 쌍봉면 주삼리 끝자락
남해화학 보수공사 현장 가면 지금도
식판 가득 고봉으로 머슴밥 먹고
유류 탱크 밑 그늘에 누워 선잠 든 사람 있으리

이삼십 분 눈 붙임이지만 그 맛
간밤 갈대밭 우그러뜨리던 그 짓보다 찰져
신문 쪼가리 석면 쪼가리
깔기도 전에 몰려들던 몽환

필사적으로 필사적으로
꿈 자락 붙들고 늘어지다가도
소 혀처럼 따가운 햇볕이 날름 이마를 훑으면
비실비실 눈 감은 채로
남은 그늘 찾아 옮기던 순한 행렬

마음의 창살

잡범 징역 두 번 살며 배운 거라곤

내 밥그릇 두 개면
누구 하난 밥그릇이 없다는 것

내가 떡잠이면
누구 하난 새우잠이라는 것

낙하산 타고 들어온 놈 있어
세월 간다고 왈왈이 되지 않는다는 것

싸우려면 끝까지 싸워야지
도중에 그만두면 영원히 찌그러진다는 것

나는 지금도 그 뜰에 가고 싶다

리어카 보관소가 있는 종묘 담 끼고 돌아

싼 밥집 모퉁이 이층

불교 달력을 만들던 하꼬방 인쇄소

찬바람 일 때면 중절모 스님들이 티 몇 잔 불러두고

다방 아가씨 손금 봐주는 소리가

조용조용 간이 칸막이 너머로 들리던 곳

염주알마냥 둥그렇게 꿰어 도는

달력 조하이 일에 지치면

환풍기 창 너머 종묘 뜰

오백 년도 넘게 푸르른 단풍나무들처럼 살고 싶었다

하루에도 서너 번 난데없이 울리던 축포 소리

거리는 연일 들끓는 광장이 되고

이따금씩 눈시울 적시던 최루탄 가루

한적하던 나무 계단을 울리며

한 떼의 청년들이 들이닥치면

왠지 모를 부끄러움에

우린 원죄처럼 얼굴을 숨겼다

그때도 치욕이라는 말을 알았을까

작업장 구석에 쥐새끼처럼 숨어

토끼눈 반짝이던 청년들보다

우리가 더 막다른 곳에 다다라 있다는 아득함

내 뜻이 원하는 곳으로 당당히 끌려갈 수 있다면

하지만 상념도 잠깐, 우린 아니라고

우린 어떤 불순한 꿈도 꿔본 적 없는 조하이공일 뿐이
라고

곤봉 든 체포조들에게

이 세상에서 가장 선한 얼굴로 애걸하며

우리도 증오라는 말을 알았을까

수백 년의 세월을 가지런히 모아 풀칠하고

또 한 해씩을 떼어 철을 하다 보면

환기창 프로펠러 사이

고용한 종묘 담 너머 뜰로

붉은 해가 지고 있었다

가족사진

이불 밖으로 나온 발가락이
60개였다

손가락은 하나가 부족했다
아부지 오른손 검지였다

엄니가 집 나간 명절, 서울 고모네 다 모인 자리에서
　이제 말 배워가는 다섯 살 막내가 아부지 똥삼봉 들었다
고 했다

쫏쫏거리던 입들
공터에 버려져 울던 막내

그래서 네 남매도
따로 놀기를 좋아했다

생각하니 아직도

다 함께 찍은 가족사진이

없는 듯하다

길

새벽마다 허방을 피해 땅 진맥 짚듯 밟고 가던 비포장길

질통 메고 오르면 출렁이며 하늘 그네를 타던 아나방 길

오르다 보면 차라리 떨어져 죽고 싶던 고층 철골 빔 길

파고 들어가다 보면 그곳에라도 방 한 칸 얻고 싶던 어둔 지하 칠흑탕 길

하고많은 길 중에 내가 걸은 노동자의 길

금은방 앞에서

핀셋으로
시계의 작은 배를 들추는
손이 촘촘하다
밤송이만 한 렌즈를 눈에 끼고
바퀴벌레 알만 한 나사를 돌리는 것도
그만이 아는 세계가 있는 것처럼
신비롭다

내일을 잃은 시계 가슴에
새 전지를 넣어주고
알 빠진 결혼반지 홈에
맑은 큐빅을 박아주는
평범한 시계수리공이
어떤 이상보다 미더워
한사코 손잡아 끄는 아내를 밀치고
금은방 앞 뜨지 못한다

외상 일기

셋방 부엌 창 열고
샷시문 때리는 빗소리 듣다
아욱, 아욱국이 먹고 싶어
슈퍼집 외상 장부 위에
또 하루치의 일기를 쓴다
오늘은 오백 원어치의 아욱과
천 원어치 갱조개
매운 매운 삼백 원어치의 마늘 맛이었다고
쓴다. 서러운 날이면
혼자라도 한 솥 가득 밥을 짓고
외로운 날이면 꾹꾹 누른
한 양푼의 돼지고기를 볶는다고 쓴다
시다 덕기가 신라면 두 개라고 써둔
뒷장에 쓰고, 바름이 아빠
소주 한 병에 참치 캔 하나라고 쓴
앞장에 쓴다
민주주의여 만세라고는 쓰지 못하고

해방 평등이라고는 쓰지 못하고
피골이 상접한 하루살이 날파리가 말라붙어 있는
슈퍼집 외상 장부 위에
쓰린 가슴 위에
쓰고 또 쓴다
눈물국에 아욱 향
갱조개에 파 뿌리
씀벅 나간 손끝
배어 나온 따뜻한 피 위에
꾸물꾸물
쓰고 또 쓴다

찍소리

찍소리 내고 얻어터진 적 세 번 있다

코끝이 늘 토마토던 초등학교 담임이
깨스! 하곤 찍소리만 내봐라 하는 순간
나도 모르게 그만 찍!

두 번짼 중3 시절 늦은 밤 자율학습 시간
학생과장 고스터가 찍소리도 내지 마 했을 때
슬리퍼 소리 사라지기 기다려 히히 찍!
어떤 개새끼가 찍소리 냈어
마룻장 무너지던 소리 온밤을 터졌다

세 번짼 고3 시절
학력고사도 끝나 널널한데
하루는 게슈타포가 말 같잖은 말을 했다
예를 들면, 찍소리 내지 말고 공부해!와 같은 말
참을 수 없어 큰 소리로 찌이익! 해버렸다

12년간 주눅 든 어떤 것으로부터 설움과

해방감 나른히 몰려오던 한낮

나는 뒤돌아보지 않고 학교를 떠나고 말았다

그 뒤로 십여 년 더 지난 오늘

나는 곰곰이 생각해본다

자라오며 그 찍소리 몇 번이나 더 해보았나

똥 누다 말고 찌익! 해본다

누구도 이젠 나를 치지 않는데

마음에 찡하니 젖어오는 슬픔 한 줄기

오토 인생

아버지가 십 년 타고 물려준
80cc 오토바이 타고 구종점을 오른다

아버지는 이 오토바이로
오십 넘어 우유를 배달했고 백반을 배달했다
노년엔 아파트 경비일을 다녔고
한때 새벽 차 다니지 않는 공사 현장까지
아들아, 노가다 해서 돈 많이 벌어 오라고
날 실어다 준 것도 이것이다

왔다 갔다 하는 전조등
덜덜거리는 계기판
깨진 바람막이, 빌어먹을
소리만 커진 마후라 통
딱 하나 성성한 거라면
브레이크 하나뿐인데

곰곰

아버지

브레이크 한번 밟아볼 새 없이 달려온 인생이

붙어버린 엔진처럼 나를 잡고 놓아주지 않는다

팡이제로

천장에 곰팡이가 슬자
아내는 팡이제로를 사 오라고 한다
습기는 만병의 근원이 되니
척결의 비법을 알아보라고 한다
그럴 땐 하나밖에 없는 아내가
천적처럼 무서워진다

할 수 없이 팡이제로 사 오며
이 생각 저 생각이 난무한다
가문과 가문이 만나는 게 결혼이라며
걱정하던 선배의 얼굴
그들의 무미건조한 삶을 혐오하면서도
그들의 그늘 없이 깨끗한 웃음을 부러워했던
내 비굴이 떠오른다

이것이 병이다
아무리 부풀려보아도

꽃이 될 순 없는

곰팡이의 하얀 꿈

천장이 깨끗해졌다고 좋아하는 아내 곁에서

나는 가만히 또 한 가닥의 포자를 늘린다

일 잡혀 돌아오는 맑은 날 정오

오늘은 마누라와 그 짓을 한판
대판 해야겠다
흐린 날 사흘에 맑은 날 한나절
일 끊긴 한 달 새
지지고 뽂던
사랑의 균열을 이어야겠다

밥상에 국물이 올라오도록
국물에 기름기가 뜨도록
바삐 일해야겠다
이자 공과금 아이 먹이
주눅 들던 마누라 근심도
이참엔 확 벗겨버리자
음울하던 골목 점집 깃발도
한갓지게 흔들리고
모르던 꽃도 피어 날 반긴다

어서 가자 어서 가

오늘은 마누라와 그 짓을 땀

뻘뻘 흘리며 해야겠다

지치고 어둔 마음에 볕 한 줄 들도록

사랑의 주사부터 한 대 콱

놓아야겠다

제
4
부

묵비권

열여섯 공순이로 시작해
그는 세 번의 감옥을 살았다

함께 구속되었던 김 아무개는
지금은 3선 국회의원이 되었고
어떤 이는 변호사가
어떤 이는 교수가
또 어떤 이는 미국계 회사 한국지사장이 되었다

마지막 감옥을 살고 나온 후
기다리고 있던 후배들은 얼마 지나지 않아
그와 견해가 다르다며
선진노동자회를 꾸려 나갔다

마흔여섯 외톨이가 된 그는
네 번째의 감옥 생활에 들어갔다
이번엔 누가 잡아넣어서가 아니라

스스로 들어갔다

땜통도 소지도 흑수정도 없는
조용한 반지하 월세방
그는 이제 그곳에서
세상에 대해 묵비하겠다고 한다

늦봄과 초여름 사이

가끔 터번 도는 소리만 한적한
공단 철망길 걷다
장미들의 집단 월담을 본다

녹슨 철망 사이사이
실낱 가지로 뻗어 나왔다가
철망 너머 한 뭉치 붉은 꽃 몽우리 터트려놓은
저 무모한 직설들

꽃을 떨구지 않고는
후진이 불가능한 허공
또다시 누군가의 발밑 짓이겨지더라도
연초록 의지만은 꺾을 수 없다는
저 붉은 모순 덩어리들

내 생에 부디 저 후끈한 발화 다시 있기를
갈비뼈 사이 근질

근질거리는 아, 늦봄과 초여름 사이

新, 석기시대

우 씨는 기쁘다
오십 넘어 계약직으로
다시 공장에 돌아온 것이

동굴처럼 서늘한 작업장
발브를 조이며
다시는 쫓겨나지 않으리라 한다

집으로도 돌아가지 않으리라 한다
신문도 가족도 국가도 다 사절
공장 밖은 무서운 곳이라 한다

스스로 유인원이 되어가는 우 씨
동굴 안에서
그의 가랑이는 찢어진다

뒷빽

김 씨가 H빔에서 떨어져 죽고 나서야
나는 깜짝 놀랐다
고작 시급 3천 원에 목매던 그의 몸값이
1억이 넘는다니 도대체 이해가 안 됐다

그 후 나 역시 자본주의를 우습게 아는
든든한 빽을 가졌다
김 씨가 산 것은 50년이지만
죽은 순간은 5초도 안 된다

여차하면 죽어버리자
내 삶의 짧은 5초도
최소한 1억쯤은 된다는 것을 알려주자
그간 내가 몇백 번의 죽음을 경험했는지도
말해주자

뻐드렁니 사랑 이야기

수출의다리 고가 너머
근로자아파트 건물 끝이
마른 탱자 울마냥 눈에 박히면
그 뻐드렁니 생각에 마음 흔들린다
어떤 영혼이 겹쳐 있었기에
그는 눈이 미처 웃기도 전에
그 뻐드렁니가 먼저 웃었을까
그는 내게 단 한 마디 말도 하지 않았지만
나는 그 뻐드렁니와 수없는 밀어를 나누었지

누구나 다 자신을 뛰어넘는 눈부심으로
하루만 지나도 낡아 보이던 거리
너에게로 가는 한길이라 여기며
유인물 끼고 내달리던 새벽 언덕
그 서리진 언덕에
오늘도 타워크레인은 높이 서
새로운 집 짓고 있는데

나는 어떤 집을 지었는가
우린 어떤 집을 지었는가
아무리 생각해봐도 이해할 수 없는
어느 돌연변이들의 쓸쓸한 사랑 이야기

나우정밀노조 해산총회

식당 바닥에 종이 상자 깔고 앉아
아지메들 수다가 즐겁습디다
딸은 시집보내봤자 남 집 일만 평생 한다는 말에
무슨 소리 다 제집 일하는 거라고
맞벌이 25년 순자 아지메 대거리합디다
일자린 구했냐는 말에 공공근로도 경쟁 심해
요리강습소 취업수당 만 원 받으러 나가
하루 여덟 시간 뺑이친다고 합디다

마흔에 쉰에 노동운동 알았지만
젊은것들은 싸움 못 하니 나와라 하고
닭장차 바퀴 밑 웃통 벗고 눕던 사람들
오그라져 살다 여의도 8차선 도로 깔고 누워본 게 어디
냐고
세상 구경은 그때 참 많이 했다고
킬킬거리는 철부지들입디다
예년엔 많던 동지회도 꾸리지 않기로 했답디다

살다 연 있으면 또 보게 될 테니
기운 내서 각자 씩씩허니 잘들 살자 합디다

수건 한 장씩 들려 받고 나오는데
남부서 애들은 오늘도 나왔습디다
열심히만 살면 우리 얘기는 저놈들이 다 써준다며
큭큭 웃어도 보았지만
푸르른 하늘이 조금은 서럽습디다

개나리는 이제 피어 파란 순이 더 많은데
어쩌자고 목련은 다 져 몇 잎 안 남았습디다

오거리 뼈해장국

네가 상처 받고 있다는 생각이 들 때
가리봉으로 와 아무도 없는 술집에서 뼈해장국 시키면
거기 네 설움이 울대째 넘어온 듯
퉁명스러운 감자 몇 알이 묻어 나올 거야

때 타고 흙먼지 묻었지만
씻겨놓고 보면 말갛던 네 옛 친구들이
퍽퍽하니 목에 멜지도 몰라
어우러져 한 솥 펄펄 끓었어도
제각기 자란 토양 달라 한 맛 내기 쉽잖던 시절
왜 우린 서로 뼈처럼 단단해지기만을 바랐을까

바람 불어 오거리 쓸쓸한 날
아무도 없는 해장국집 들러
다글다글 끓는 지난날 떠올리자면
거기 내 그리움도 얼큰히 풀려
고춧가루 서너 숟갈 더 퍼부어도 시원찮은데

지금은 모두 어디에 있는가
맵고 짠 기억들 울울이 가슴에 안고
열 갈래 스무 갈래
떠나간 친구들

그

팔십 평생 흙구덕에 산 엄니 가신 길에
노자 한 푼 내놓지 못했다고 들썩이던 그
백화점 매대 하나 세내 인조가죽을
생가죽이라 속여 팔기로 했다며 좋아하던 그
광고 전단만 검불처럼 쌓여가는 단전된 골방에서
돈 있수?라며 언 눈 반짝이던 그

한 노동자의 분신은
부음란 한 줄에서도 찾을 길 없었다며
해마다 오월이면 묘목 한 주 들고
빈산을 찾던 그
친구들 뿔뿔이 학교로 기업으로
지구당으로 사라져갈 때도
아직도 문제는 존재 이전移轉이 아니라 존재 이전以前이
라며
해묵은 안경알에 튄 용접 불똥 파내며 웃던 그

그가 보이지 않는다

태양의 상처가 남아 있을

자메이카로 가고 싶다고

돈만 주면 들어가는 러시아에서 노어를 배워 오면

번역만 해도 먹고산다 한다고

스물네 시간 불 꺼지지 않는

이 속도와 불야성을 견디지 못하던 그

그도 한때는 눈부신 산란을 꿈꾸며

물살을 거슬러 오르던 시대의 은어였던가?

당신은 썩었소라고

꼭 한마디 해주고 싶은데

영영 사라짐으로

복원되지 않는 자리를 완성하고 간

그

색맹

어려서부터 도무지

색 구분을 하지 못했다

빨강 노랑 파랑은 알겠는데

군청과 코발트의 경계는 알 수 없는 식이었다

그래서 나는 때로 색맹이 되거나

꿀벙어리가 되었다

얘기해야 할 때 주저하고

확고해야 할 때 두루뭉술했다

하지만 생각거니

내가 왜 색맹이어야 하는가

나는 안다 그의 서늘해진 눈빛이 무얼 말했는지

그의 붉어진 볼에 어떤 진실이 서렸는지

지금도 빨강은 노랑은 파랑은

내게 아무것도 연상시키지 못한다

마찬가지로 무슨 무슨 주의도

내겐 아무것도 떠올려주지 않는다

그가 한때 흘렸던 눈물에는

프롤레타리아도 전위도 후위도 아닌

구획되지 않은 한 영혼의

고귀한 빛의 울림이 있었다

잃어버린 안경

올해 잡아먹은 안경이 네 개째다
5년째 안경 하나로 버티는 아내는
어디 재벌집 아들하고 살지
같이 못 살겠다고 한다

하나는 지역 민중연대 발대식 날이었다
새로운 조직을 띄우는 날
난 이제 구로 지역 일에서는 좀 빠지겠다는 생각이었다
십몇 년 좇던 일에서 빠진다 생각하니
뭘 하나 잃어버린 듯 허전했다
안경 하나쯤이야 했다

또 하나는 여름에 잃어 먹었다
남들이 이젠 그만하라는, 하지 않아도 된다는
노동자캠프 어쩌고 하는 일을 또 벌이면서다
변통은 물론 술이었지만
하지 말라는 일을 또 하나 저질렀다는

무거움이 뭐 하나라도 덜어내려나 했다
안경 하나쯤이야 했다

세 번째는 얼마 전 농민대회에 나가서다
해 저물녘 제일 악독하다는 1001부대와 맞서 싸우다였다
아차 싶은 순간에 안경이 휙 날아갔지만
내달리지 않으면 머리가 깨질 참이었다
오십 대도 찾아보기 힘든 농민들
그 어른들 싸움에 안경 하나쯤 내놓는 거야 뭐
하나도 아깝지 않았다

그런데 어제 또 하나를 잃어 먹었다
잊고 지냈던 구로공단 옛사람들을 만난 날이었다
386이 정권을 잡았다고 떠들어대는 세상에서
하나같이 잊힌 사람들
대우어패럴 서광 에이엠케이 나우 협진정밀
가리봉전자 삼경복장 대성전자 슈어프러덕츠

그곳에서 처음 노동운동을 열었던 노출 1세대들
아직도 참가비 만 원에 허리가 휘는 사람들
비정규직으로 일한다는 선배
얼마 전 빔에 깔려 손가락이 허전한 사람
기쁨과 설움을 많이도 처먹었던가 보다
집에 들어와 보니 안경이 없었다

처음엔 안경 한두 개쯤이야 했다
사람들은 다시 또 죽어나가고
세상에 보기 싫은 꼴이 한둘 아닌 마당이다 보니
난 자꾸 안경이라도 잃어버리며
보기 싫은 세상에 작은 항거라도 하는 거라 생각했다
하지만 이제 난 억울하다
내가 왜 이 못된 세상에 안경까지 잡아먹혀야 하나
힘없는 아내에게 그 짐을 늘 지게 할 수도 없다
그래서 나는 이제 바란다
편파적으로 구체적으로 바란다

안경이나 뺏어가는 소극적 싸움이 아닌

진정한 싸움을, 내게 걸어달라고

차라리 내 영혼의 눈을 거둬가 달라고

그 서투른 말들을 믿기로 했다

땅 위에 솟아

우듬지 굵히고 가지 뻗어

잎새 내고 열매 맺는 순차적인 게

나·무라고 배웠는데

세상의 모든 나·무는

땅에 붙박인 게 아니라

저 하늘에 뿌리 뽑혀 거꾸로 떠다니는 거라고

오늘 처음 사람들이 얘기했다

난 그 서투른 말들을 믿기로 했다

세계는 학살을 하며

그게 평화라 하고

기생을 자유라 하고

굴종을 안녕이라 가르치기에

오늘부터는 없는 말

태어나지 않은 말들만

믿기로 했다

자유여!라고 난 이제 부르지 않으리

허기져 식판 들고
동그랑땡처럼 줄 서서 너를 기다렸다
몇 번을 더 밟으면 네가 오나
늦은 밤 프레스를 밟으며 기다렸고
몇 번을 더 돌아야 네가 오나
컨베이어벨트 끄트머리 앉아
졸면서 너를 기다렸다
그래도 넌 오지 않았다
온다는 소식도 없었다
그래서 다시 또 보따리를 쌀 땐
오지 않는 너도 꾹꾹 눌러 담아야 했다
너는 누구였을까
우린 네가 누구인지도 모르면서
너무나도 오래 너를 기다렸다
……여

너희들은 나를 폭격했다

너희들은 나를 폭격했다

내 조용한 일상을 아주 정밀하게 폭격했다

열화우라늄탄은 가슴을 찢고

내 양심의 끝까지 추격해왔다

너희들은 내가 사는 분단 조국 서울 도심을 폭격했다

게르니카의 학살은 나치의 학살은

이제 끝났을지도 모른다는 내 미련한 역사 인식이 얼마나

천박했는가를

신창리는 노근리는 4·3은 광주는 이제 화해될 수 있다는

내 일국적 역사 인식이 얼마나 초라한가를

대낮에 보란 듯이 드러내놓고 폭격했다

너희는 조금의 틈도 주지 않았다

추가 파병이라는 압력탄을 쏟아붓고

한반도는 부드럽게 다루겠다는 교란탄을 퍼붓고

이라크 작은 마을 선량한 결혼 축하 피로연장엔 직격탄

을 주었다

　포로수용소의 인권유린 지뢰가 터지도록 방조했고

　내가 밥을 먹고 있을 때

　내가 하늘을 보고 있을 때

　김선일의 유해를 내게 보냈다

　그래서 나는 싸웠다

　내 생명을 지키기 위해

　어느 날은 국회의사당 앞 전경차를 타고 넘다 너희의 다
국적 졸개들에게 터지고

　또 어느 날을 종로네거리에서 힘없는 노동자들과 함께
오랜만에 꽃병을 들기도 했다

　막아야 할 것은 반전 평화 대열의 이 힘없는 나선이 아
니라

　자신을 한 번도 부정해본 적이 없는 저 미제국주의자들
의 직선이라고

　철망 속에서 자울거리는 닭처럼 분단의 꿈에 길든 이 나

라 위정자들이라고

나는 오늘도 싸운다
쇠파이프를 들어 아니라고 아니라고
허공을 향해 가로저으라면 가로젓고
죽창을 들라 하면 죽창을 든다
촛불을 켜 들라 하면 촛불을 켜 들고
어깨를 걸어야 한다면 어깨를 건다
누구를 위해서가 아니라 나를 위해
내가 살아 있다는 구체적인 실감을 위해
너희의 전 지구적 폭력 속에서도
세계의 양심은 죽지 않는다는 확신을 위해

왜?

― 기륭전자노조 침탈에 맞서

왜 늘 끌려가야 하는 것은 우리들인가

누구의 소유도 아닌 이 대지를
수십 년 불법 점거하고 있는
저 무법의 자본가들
정치 모리배들은 왜 끌려가지 않는가

왜 늘 우리는 주어야만 하는가

왜 내가 노동한 가치의 대부분을
너희에게 주어야 하는가
왜 우리가 협동으로 생산한 사회적 가치가
너희의 개인 금고 속에
옛 왕족의 얼굴을 한 화폐로 변해
얌전히 갇혀야 하는가

2005년 10월 17일 새벽

모두가 잠든 밤
지상으로 내려와
어둔 시대의 새벽까지 깨어 있었다는 죄명으로
또 한 무리 별들이
하나씩 둘씩 검은 군홧발에 끌려갔다

더 싼값에
영혼을 팔지 않았다는 죄
노동을 팔지 않았다는 죄
50일이 넘는 무법의 밤이 지나도
겁에 질리지 않았다는 죄
더 싼값에 동지를
팔지 않았다는 죄
늘 똑같은 죄목
늘 똑같은 탄압

동지들이여

신새벽을 여는 동지들이여

저들의
불법 무단 점거를 해산하라
저 공권력의 부당한 단체행동권을 몰수하라
검찰로 경찰로 학교로 언론으로 의회로 이어지는
저 모든 착취의 라인을 봉쇄하라

저것은 본래
우리들의 것
비정규직 철폐
신자유주의 분쇄 연대 전선으로
저들을 고립하라 포위하라
인간의 대지에서
영원히 저들을 격리하라

제
5
부

시詩

꼬막 껍질 하나에 옴싹 들어갈
짜디짠 말 한마디 갖고 싶다

내가 새마을호를 타고 순천에서 서울까지
숨 가쁘게 달리는 동안

기차보다 더 멀리 걷던 사내
기차보다 더 빨리 걷던 사내
베잠방이에 머릿수건 두르고
청청한 하늘 쩡쩡한 햇살 잡아두고
한 발짝 한 발짝 5cm 간격으로
파란 모 심던 사내

하얀 비

양철 지붕 두드리며
밤새 내리는 비

나도 누군가의 영혼을 밤새 두드리는
겨울 찬비가 될 수 있다면
하지만 난 아직도
세상의 음계에 맞춰
내 노래 조율하는 법을 몰라

내 노래는 내가 죽어도
내 목 밖에서 객처럼 서성일 것인가
밤새 내 영혼을 두드리는
하얀 비

모래톱

난 저 강물의 밑바닥에도 손이 달려 있다고 믿어야.
이 산 저 산 기슭에서 몰려와 작업 라인이나
판매 라인 앞에 붙어 선 아이들처럼
일렬로 늘어선 손들이, 안간힘으로
강바닥을 후비며 앞으로 한 손 나아갈 때
꼭 째인 톱니바퀴처럼 무거운 저 강물도
비로소 울컥, 한 바퀴 굴러가는 거라 믿어야.

참꼬막

닫는 힘도 여는 힘

까닭 없이 벌어지지 않기 위해
까닭 없이 헤헤 열리지 않기 위해
어둔 뻘 속 맹렬히 파고든다

수십 억 톤 물이 내리누른다 해도
깨지지 않는 부드러운 자신을 열기 위해
입 앙다물고 꿈꾸는 말들

다 보면서 꾸는 꿈이
무슨 꿈이냐고

고래와 아빠

바닷가에
오래 나와 있는 아빠가 그리워
같은 전화를
하루에도 수 번씩 하는 아이

아이가
아빠 상어 잡았어 하면 할 말이 없어진다
응, 잡았어 하면
먹었어 하고 물어본다
먹었다고 하기엔 그렇고
놔줬다고 하면 실망할 텐데
우물쭈물하는 새
아이가 또 묻는다

고래는?

흙손

맑은 봄날
한두 시쯤은
흙손 만지기 좋은 날

모래 두어 푸대 져다 두고
묵은 시멘트 내어 물로 이긴 후
지난 겨우내 부스러진 벽이나
계단을 수선하는 즐거움

뼈와 뼈 사이를 잇고
금 간 골 메우다 보면
금세 한나절도
한 시절도 지나

맑게 저무는 저녁 하늘
이 둥근 지구의 금 간 곳도 바르는
큰 흙손이 있다고

믿어지는 것이다

희망의 얼굴

태백산 영은사
태풍이 사흘 지난 후
곤봉 맞고 쓰러진 사람처럼 피죽이 된
들국화 얼굴들을 세워주려는데
벌써 대가 꺾였다

포기하고 돌아섰는데
볕이 다시 이틀을 머물다 간 후
쓰러졌던 얼굴들이
하늘을 빤히 향해 있다
쓰러진 몸은 끝내 일으키지 못하고
목 언저리만 치켜세운 기형의 얼굴들이다

그것이 비굴인지 정당함인지를 몰라
한참을 바라보고 선
내 물음은 값없다
볕이 무엇이기에

목 꺾어서라도 생을 지탱하고 싶은
저 간절한 희망의 얼굴들

강구항

　오십천과 동해 바다가 만나는 이 강 안에 얼마나 많은 고기들이 살았는지 알어. 지금은 한 마리에 십오만 원씩 하는 뱀장어들이 우글우글해서 모랫바닥을 갈쿠리로 찍기만 해도 한 두어 마리씩 걸려 올라오는 거야. 잡고 보면 늘 한 양동인데 다 못 먹고 버리기도 했지. 7월에 배를 타고 나가면 은어 떼들이 기름 냄새를 맡고 허옇게 배를 쫓아오는 거야. 양동이로 퍼 올리면 그게 다 은어였지. 동네 사람들은 선착장에서 두레박을 던져 퍼 올렸어. 선착장이 온통 은빛이었어. 지금은 킬로에 이삼만 원 하는 흑게도 지천이었어. 암놈 하나 잡으면 수놈 열은 거저였다니까. 낚싯줄에 암놈을 매달아 저 다리 위에서 던지면 물이 얼마나 맑은지 수놈들 올라타는 것이 보여. 간신히 떼어놓고 다시 던지면 또 올라타고. 큭큭큭, 모래사장을 발로 밟기만 해도 주먹만 한 조개들이 올라왔어. 지금은 없어서 못 먹어. 그것도 하나에 이삼만 원씩 하지. 저 등대 보이지. 저 밑이 해양박물관이었어. 작살 들고 들어가면 철따라 아나고 고등어 감성돔 노래미 복어 오징어 영덕게 도루묵 광어 오만 물고기들이 다 있는

데 도망도 안 가. 겁도 없이 사람 몸 쪼는 놈들이 있어 오래
있지 못했지. 자동차들 생기고 이것이 우럭인 줄 알았지 뭐
이름이나 있었나. 저 항어는 동네 개들처럼 사시사철 강 안
에 있는 것들이라 잡지도 않았어.

지금은 뱃일도 못 해 물엣것 먹어보기 쉽잖다는 노인네.
돈 번다고 객지 공장 가지만 않았어도 이 바다 덕에 횟집이
라도 하나 내었을 거라고 짭짤하게 말하는 노인네. 한참
말하고 나니 뱃거죽 말라붙는지 수평선처럼 하염없이 서서
말을 잊은 노인네. 희뿌옇게 몰려오는 늦저녁 바다 서리처
럼 아련한, 이 강 안의, 퍼덕이던 세계는 이제 어디쯤에서 출
렁이고 있는지. 노인 눈에 벙벙히 차오르던 저녁 밀물.

내설악 눈잣나무

그 정하다는 자작나무도
힘겨워 오르지 못하는
중청에서 대청 오르는 능선에
누운 잣나무들

인생은 때로 제 이름마저 바꾸고
뼈 휘어서라도 가야 하는 길이라고
서리 칼바람 부는 쪽으로
불거진 뼈마디 들이밀고 한 뼘씩 나아가는
그들 키 작은 행진을 보고 있노라면

멀쩡한 사지에 눈과 마음만 휜
나도 꽤 돌연변이구나 하는
씁쓸한 마음, 흔들리되
제 땅에 뿌리박은 나무들은
잎새 하나 상념 하나
쉬이 바람에 내주지 않는 것을

사지 육신 씽씽한 직립이 부끄러워

나도 저 해 지는 쪽으로 가

길 잃어버리고 말았으면

내설악 귀때기청 구곡담 한계천

휘몰아 넘는 바람이 차다

흐르는 것들은 말하지 않는다

흐르는 것들은
제 이름을 모른다

어떤 이는 그를 탁류라 하고
어떤 이는 그를 한때의 격랑일 뿐이라 하며
또 어떤 이는 회오의 눈물
굴절과 비통의 소용돌이라고도 하겠지만

바다를 향해
지금 여울져 흐르는 것들은
제가 무엇이라 말하지 않는다
그곳이 아무리 넓고 깊어도
머무르지 않는다

가끔 징발된 영혼들도
저만치 다시 가 물로 내린다

나는 말과 함께 살지 않는다

나는 거미와 살지 않는다
공중에 투망을 치고 해종일 헛걸음인
한 사내와 산다

나는 새와 함께 살지 않는다
보이지 않는 계단을 통통 튀어 다니며 하늘 오르간을 치는
한 물찌똥 꼬마와 산다

나는 꽃과 함께 살지 않는다
향기 나는 주먹을 쥐고 내 가슴 콩콩 때릴 때는 언제고
어느 틈엔가 쌀쌀히 지고 마는
변덕쟁이 한 여인과 산다

꿍하며 살고 갸웃하면서 살고
가로저으면서 산다
그래그래 끄덕끄덕하면서
환하게 산다

민중적 서사의 복원을 향해

김해자 • 시인

1

송경동의 첫 시집을 짬짬이 보고 있자니 애잔하고 무겁다. '실무자' 혹은 '운동가'라 불리는 삶을 십수 년간 살아온 그의 버겁고 찢기고 상처 난 삶이 보인다. '실무자'라 발음할 때 겹쳐지는 수많은 후배 동료들의 찌들고도 환하고, 가난하고도 맑은 얼굴들. 행사 하나 치르기 위해 책상과 의자와 비품을 싣고 달려가 발동기와 전기선을 끌어 대고 무대의 배후에서 오들오들 떨며 조명을 비춘다. 회의나 행사 하나 제대로 치르려면 수십 통의 전화를 하고 메일을 통해 확인하고 조율해야 한다. 이쪽의 사정을 들어야 하고 저쪽의 현황을 이해해야 한다. 이 사람과 저 사람을 연결해야 하고, 이 일과 저 일을 결합해야 한다. 하루 종일 수십 통의 전화를 하고 수 군데의 회의에 참석한다. 숱한 보고서와 기획서를 짠다. 밤마다 술 마시고 날마다 싸운다.

근작인 「잃어버린 안경」은 송경동의 시가 탄생하는 존재 조건을 적나라하게 보여주는 시다. 이 시는 다소 장황하게 올해 잃어버린 안경을 나열하고 있는데, 첫 안경은 "십몇 년 좇던 일에서 빠지"려 하였으나 결국 끌려 들어간 '지역 민중연대 발대식' 날이었다. 두 번째는 "남들이 이젠 그만하라는, 하지 않아도 된다는" 노동자캠프 일을 거들 때다. 세 번째는 오십 대도 찾아보기 힘든 농민대회 날, "1001부대와 맞서 싸우다"였다. 네 번째는 "386이 정권을 잡았다고 떠들어대는 세상에서/ 하나같이 잊힌" 구로 노동운동 제1세대들의 모임에서였다. "빔에 깔려 손가락이 허전한" 선배 앞에서 "기쁨과 설움을 많이도 처먹었"던지 안경이 또 없어졌다는 것이다.

처음엔 안경 한두 개쯤이야 했다

사람들은 다시 또 죽어나가고

세상에 보기 싫은 꼴이 한둘 아닌 마당이다 보니

난 자꾸 안경이라도 잃어버리며

보기 싫은 세상에 작은 항거라도 하는 거라 생각했다

하지만 이제 난 억울하다

내가 왜 이 못된 세상에 안경까지 잡아먹혀야 하나

힘없는 아내에게 그 짐을 늘 지게 할 수도 없다

그래서 나는 이제 바란다

편파적으로 구체적으로 바란다

안경이나 뺏어가는 소극적 싸움이 아닌

—「잃어버린 안경」부분

　이 시에는 억울하고 분통이 터지는 수많은 대상들이 중첩되어 있고, 이제 그만하고 싶은 마음과 그러지 못하게 하는 현실 사이의 갈등이 복잡하게 겹쳐 있다. 최근 시인은 또 하나의 안경을 잃었다. 평택 황새울 벌판에서였다. 미군기지 확장 이전에 반대하는 대추리 주민들이 농사를 짓기 위한 논갈이에 들어가려 하자 포클레인을 동원해 경찰이 논을 파헤쳤다. 이에 저항하던 지역 노인들을 보호하는 과정에서 시인은 안경이 부서지고 목 인대가 늘어나는 부상을 당했다. 포클레인에 파헤쳐진 흙구덩이에 처박힌 사람들과 실신하는 농민들의 고함과 절규, 볏짚을 태운 뿌연 연기로 싸움터가 된 벌판과 거리가 바로 그의 시가 잉태된 자리다.

2

새벽마다 허방을 피해 땅 진맥 짚듯 밟고 가던 비포장길

질통 메고 오르면 출렁이며 하늘 그네를 타던 아나방 길

오르다 보면 차라리 떨어져 죽고 싶던 고층 철골 빔 길

파고 들어가다 보면 그곳에라도 방 한 칸 얻고 싶던 어둔 지
하 칠흑탕 길

하고많은 길 중에 내가 걸은 노동자의 길

—「길」 전문

행마다 연 구분을 해놓음으로써 이 시는 길과 길 사이에 "아
나방 길"이 놓인 것 같은 위태롭고 허허로운 느낌을 갖게 한다.
"비포장길"과 "아나방 길"과 "고층 철골 빔 길"과 "어둔 지하 칠
흑탕 길"은 "하고많은 길 중에"와 만나 운명의 길이 되고 만다.
피할 수 없이 가야 하는 길이 아니라 피할 수 있었으나 마음이
외면하지 못한 길, 그곳에 운명의 위대함이 존재하고 운명을
사랑해야 할 이유가 있는지 모른다.
　인쇄소의 조하이공을 거쳐 공사장 인부로 떠돌며 "썩지 않는
꽃", "혼신의 전력을 바쳐", "단 일 획에 그려져야 하는 꽃", "피
튀기며 피었다 일순간 사라지고 마는"(「용접꽃」) 용접꽃을 피우
던 청춘기의 현장이 시인에게 아직 현재형이다.

시인은 이 시대 찌그러지고 외면당한 노동자들의 초상을 그려내면서 여전히 노동자의 삶이 "빨간 불"임을 보여준다. "땡볕 공사장"이나 "용접꽃'을 피우고 지친 달을 이끌고 돌아온 그의 식탁은 "쇠밥'이거나 "외상" 장부로 지은 "눈물국"의 밥상이다. 일이 없어 공친 날, 오랜만에 "때 빼고, 깔끔한 옷 갈아입고", 현장이 아닌 세계로 진입하려는 문 앞에서, 그의 암호인 "일용공 비정규직"은 거부당하고 접근조차 허용되지 못한 채 거리를 떠돈다(「암호명」).

김 씨가 H빔에서 떨어져 죽고 나서야
나는 깜짝 놀랐다
고작 시급 3천 원에 목매던 그의 몸값이
1억이 넘는다니 도대체 이해가 안 됐다

그 후 나 역시 자본주의를 우습게 아는
든든한 빽을 가졌다
김 씨가 산 것은 50년이지만
죽은 순간은 5초도 안 된다

여차하면 죽어버리자
내 삶의 짧은 5초도

최소한 1억쯤은 된다는 것을 알려주자

그간 내가 몇백 번의 죽음을 경험했는지도

말해주자

—「뒷빽」 전문

노동자마저 정규직과 비정규직으로 양극화된 사회, 몸값의 차이가 제도적으로 정당화된 작금의 사회에서 노동자는 언제 어떻게 될지 모르는 존재의 불안을 안고 살아간다. 삶이 치욕이고 매 순간이 벼랑이다. 그런 현실에서 모욕당하는 노동자의 존엄성을 역설적으로 묘파한 이 시는 죽음 이후에야 생존이 보장되는 시대를 조롱하고 있다.

또 '어느 지하 생활자의 보고'라는 부제를 단 「설명하기 참 힘들다」라는 시는 공사장 감리 감독관처럼 공학적이고 냉정한 시선을 유지함으로써, 그곳에서 떨어져 죽은 유 씨의 죽음에 울림을 더하고 있다. "그곳에서 오늘 유 씨가 떨어져 죽었다. 재수가 없거나 발을 헛디뎠을 뿐이다." 거꾸로 된 세상에서 반대로 발언하는 것은 얼마나 통쾌한 아픔인가.

시선은 그 사람의 영혼이다. "어둠 깔린 가리봉오거리"의 버스 정류장 앞에 서 있는 봉고차 안을 바라보니, "죄수들처럼" 빼곡히 앉아 있는 "날일 마친 용역 잡부들"이 보인다. "육십이 훨씬 넘은 노인네부터/ 서른 초반의 사내/ 이국의 푸른 노동자까지” 모두 “머리칼이 누렇게 쇠었”다. 그들의 무표정과 묵언 앞에 어떠한 수사로도 “그들을 그릴 수가 없”다. 어떤 은유와 상징도 필요 없음을 영혼이 깃든 시선은 알아챈다(「그들은 아무 말도 하지 않았다」).

영혼의 눈은 이 세계에 안착하지 못한 불우한 육신들을 비추는 거울이다. 그 거울에는 날일조차 얻기 힘들어 힘없이 돌아서는 “오십 대 중반의 사내”(「공구들」)가 있고, “목발을 짚고 철일을 하는 김 씨”(「목발」)가 있다. “철골 공사장/ 수십 미터 허공 외밈 위에서 만나면/ 번갈아 길 터주며 목숨을 나누던”(「저하늘 위에 눈물샘 자리」) 최 씨 아저씨의 죽음이 숨어 있다. 시인은 이 가난하고 불우한 노동자들의 거울을 통해 이 시대 노동자의 현실을 드러내고 있는 것이다.

IMF 이후 우리 사회는 본격적인 세계 자본주의에 편입되었고 모든 것이 급속히 상품화되었다. 쓸모없음으로 쓸모가 있었던 시는 이제 더 이상 한 시대의 정신적 전위가 되지 못하고 있다. 쓸모없음으로 미적·반성적 영역을 구축하며, 쓸모 있음으로 변혁의 무기가 될 수 있다는 것은 한 몸에 기거한다. 칼의 양날이다.

시가 아직 침을 뱉을 수 있다면, 현존 질서를 유지하고자 하는 보수적 논리와 상징적 질서에 반항하고 불온하게 반역을 시도하기 때문이다. 비정규직 노동자로 출발하여, 비정규직 성격을 지닌 실무자로 살아왔으며, 비정규직 노동자들을 만나며 살아온 송경동 시인의 존재 조건은 주변인이자 유목인이다. 저항은 주변이라는 가장 약한 지반을 뚫고 나오는 용암처럼 분출한다. 그런 점에서 송경동의 시가 갖는 변혁성과 현실에 대한 탐문이 의미가 있으며, 문학으로서의 족쇄 또한 그 안에 존재하는지 모른다.

3

송경동 시인의 시를 도해하면서 읽힌 중요한 정서는 '치욕'과 '증오'와 '그리움'이다. 다소 오래전에 쓰인 두 편의 시에서 이를 더듬어보면 현실에 대한 구호에 가까운 발언과 문제 제기 배면에 복잡한 감정이 존재함을 볼 수 있다. 그러한 심리적 갈등은 움직일 수 없는 존재적 조건과 뛰쳐나가고 싶은 지향 사이의 거리에 비례한다. 하여 현실과 이상의 간극은 멀다.

하루에도 서너 번 난데없이 울리던 축포 소리

거리는 연일 들끓는 광장이 되고

이따금씩 눈시울 적시던 최루탄 가루

한적하던 나무 계단을 울리며

한 떼의 청년들이 들이닥치면

왠지 모를 부끄러움에

우린 원죄처럼 얼굴을 숨겼다

그때도 치욕이라는 말을 알았을까

작업장 구석에 쥐새끼처럼 숨어

토끼눈 반짝이던 청년들보다

우리가 더 막다른 곳에 다다라 있다는 아득함

내 뜻이 원하는 곳으로 당당히 끌려갈 수 있다면

하지만 상념도 잠깐, 우린 아니라고

우린 어떤 불순한 꿈도 꿔본 적 없는 조하이공일 뿐이라고

곤봉 든 체포조들에게

이 세상에서 가장 선한 얼굴로 애걸하며

우리도 증오라는 말을 알았을까

수백 년의 세월을 가지런히 모아 풀칠하고

또 한 해씩을 떼어 철을 하다 보면

환기창 프로펠러 사이

고용한 종묘 담 너머 뜰로

붉은 해가 지고 있었다

—「나는 지금도 그 뜰에 가고 싶다」 부분

위 시의 화자는 지금 허름한 인쇄소에서 "조하이공"으로 "수

백 년의 세월을 가지런히 모아 풀칠"하거나, "한 해씩을 떼어 철"을 하고 있다. 그가 일하는 간이 칸막이 너머에서는 스님들이 "다방 아가씨의 손금을 봐주는 소리"가 들리고, 또 밖의 광장에서는 최루탄이 터지고 시위대가 흩어지는 소리가 들린다. 이런 상황에서 작업장으로 들이닥친 "한 떼의 청년들" 앞에서 시적 화자는 왠지 모를 부끄러움에 "원죄처럼 얼굴을 숨"기며, 치욕을 느낀다. 반면에 "곤봉 든 체포조들에게"는 "우린 어떤 불순한 꿈도 꿔본 적 없는 조하이공일 뿐이라며", "이 세상에서 가장 선한 얼굴로 애걸"한다. 이때 "증오라는" 것을 느낀다.

"치욕"과 "증오" 사이에는 수없이 많은 연쇄적 갈등이 존재한다. 그는 노동자이므로 한낮의 시위에는 참여할 수 없다. 밥그릇이 위태해질 것이기에 그 청년들보다 "더 막다른 곳에 다다라 있다는 아득함"이 그를 "어떤 불순한 꿈도 꿔본 적" 없다고 체포조에게 애걸하게 만든다. 그러나 배면에는 자신의 "뜻이 원하는 곳으로 당당히 끌려갈 수" 있기를 바라는 불순한 꿈이 숨어 있다.

"불순한 꿈"이 치욕에서 증오로 바뀌게 하였고, 그것이 존재의 존엄성을 지킬 수 있는 유일한 무기였을 것이며, "지금도 그 뜰"을 그리워하게 만든 건 아닐까. 치욕을 넘어서는 일은 존재 조건을 바꾸는 것이고, 그것이 가능하지 않다면 그 치욕을 당연히 여기는 세상의 질서를 꿈으로 부정하는 일이었을 것이다.

그 불순한 꿈이 바로 시 쓰기로 이어졌을 것이다.

그 술집이 있던 동네 길가

공동수돗가에서 얼굴을 씻던 집

수챗구멍 속 쥐 눈망울이 크고 맑던 집

키 낮은 집 대문이 방문이어서 골목길에

신발 여섯 짝 가지런하던 집 어깨가 끼는

직각 사다리를 타고 올라가 이층에 있던 집

방 세 칸이 수도꼭지 하나 마주 보고 있던 그 이층집

그 수돗가에 쌀도 씻고 오줌도 누고 토하기도 하던 집

문밖에 철제 캐비닛 하나씩은 다 갖고 있던 집

장롱 내어두고 거기에 닭도 키우고

오리도 키우던 집

떼어 가면 만 원도 받고

오천 원도 받던 수은등 아래

전깃줄이 10차선 20차선으로 내달리던 골목

그 골목에 살던 사람들

—「마지막 술집」 부분

위 시는 시인의 민중적 정서와 민중 서사를 풀어나가는 힘을
보여주는 주요한 작품으로 읽힌다. 저항하고 연대할 그 흔한

조직도 없이 하루 벌어 하루 살아가며 술집에서 골목에서 닭 장집에서 마주치는 도시 룸펜프롤레타리아의 삶을 보여주는 이 시의 시선은 이 사회의 밑바닥 구성원들을 향해 고정되어 있다. 모든 거리와 장소는 계급적 성격을 갖는다! 날일 다니던 "미장이목수철근곰빵질통전기조적방통공구리덴죠닥트선반칠도배"(여기서 사람들은 김 씨, 박 씨로도 불리지 않고 그가 하는 일로 불린다)들이 살고 모이던 공간은 그 자체로 계급적 성격을 갖는다. 마지막 술집이 사라지는 데에 대한 서글픔과 그리움은 가리봉오거리로 이어진다.

네가 상처 받고 있다는 생각이 들 때
가리봉으로 와 아무도 없는 술집에서 뼈해장국 시키면
거기 네 설움이 울대째 넘어온 듯
퉁명스러운 감자 몇 알이 묻어 나올 거야

때 타고 흙먼지 묻었지만
씻겨놓고 보면 말갛던 네 옛 친구들이
퍽퍽하니 목이 멜지도 몰라
어우러져 한 솥 펄펄 끓었어도
제각기 자란 토양 달라 한 맛 내기 쉽잖던 시절
왜 우린 서로 뼈처럼 단단해지기만을 바랐을까

바람 불어 오거리 쓸쓸한 날

아무도 없는 해장국집 들러

다글다글 끓는 지난날 떠올리자면

거기 내 그리움도 얼큰히 풀려

고춧가루 서너 숟갈 더 퍼부어도 시원찮은데

지금은 모두 어디에 있는가

맵고 짠 기억들 울울이 가슴에 안고

열 갈래 스무 갈래

떠나간 친구들

—「오거리 뼈해장국」 전문

이 시에서 시인은 "다글다글 끓는" 뼈해장국에 그가 지난날 살았던 운동의 한복판에서 잃어버렸던 친구들을 대입시킨다. "설움이 울대째 넘어온 듯/ 퉁명스러운 감자 몇 알"은 설움이라는 정서를 표현하고 있음에도 익살스럽고 따뜻하다. 떠나버린 사람들에 대한 그리움이 얼큰히 풀려 고춧가루를 퍼부어 넣어도 시원찮은 지점에 그는 있는 것이다.

사람에 대한 따스한 정과 "서로 뼈처럼 단단해지기만을 바랐"던 지난 연대와 그래서 "열 갈래 스무 갈래 떠나간 친구들"

이 맵고 짠 기억들로 단단히 결합된다. "때 타고 흙먼지 묻었지만 / 씻겨놓고 보면 말갛던" 옛 친구들이 "퍽퍽하니 목"에 메이는, 이것이 진짜 시의 마음결인지 모른다. 겨자씨 한 알만큼이라도 세상을 바꾸기 위해 노력하는 자들이 가져야 할 순정인지 모른다.

4

치욕과 모독이 거대한 본류로 물꼬를 틀 때 공분公憤이 되며 그것이 세상을 바꾸는 힘이 된다. 하지만 그것이 자기 주변에 지나치게 오래 머물 때 가까운 사람에 대한 원념怨念으로 가기 쉽다. 그럴 때 독이 된다. 모독을 견디며 일하고 사랑할 때 비참한 노동 현실은 꿈이 되고 우리 모두의 희망이 되고 기쁨이 된다.

송경동의 시집에는 노동자의 일과 밥과 곤한 잠이 유난히 많이 담겨 있다. 이런 시에서 치욕은 증오와 원망으로 내닫지 않고 민중적인 넉넉함과 해학과 기쁨으로 전환한다. 여기서 시는 인간 해방의 빛을 향한 열망과 공동체적인 아픔을 공유하는 정서로 충일한 노래가 되며 서로에 대한 신뢰와 약속의 언어가 된다.

흙먼지에 섞어 먹는 밥

싱거우면 녹 가루에 비벼 먹고

석면 가루도 흩뿌려 먹는 밥

체인블록으로 땡겨야 제맛인 밥

찰진 맛 좋으면 오함마로 떡쳐 먹고

일 없으면 고층 빔 위에 혼자라도 서서 먹는 밥

시큼한 게 좋으면 오수관 때우며 먹고

새콤한 게 좋으면 가스관 때우며 먹고

연장이 모자라면 이빨로 물어뜯어서라도 먹어야 하는 밥

무엇보다 나눠 먹는 밥

1톤짜리 앵글 져다 공평하게 나눠 먹고

크레인 포클레인 지게차 기사도 불러

함께 비지땀 흘리며 먹는 밥

석양에 노을이 질 때면

아내와 아이도 모두 사이좋게 앉아 먹는

그 쇠밥

─「쇠밥」 전문

이 사람 저 사람 불러다 공평히 나눠 먹는 삶. 도란도란 둘러앉아 맛있게 먹는 밥을 통해 시인은 그가 바라는 세상의 모습을 확연하게 그려내고 있다. 누구를 혼내거나 비난하지 않는다. 이런 점에서 지식인의 시에서 보이는 그릇된 것에 대한 풍자라기보다, 우리 민중의 판소리 가락에 묻어 나오는 해학과 익살에 가깝다.

전남 여천군 쌍봉면 주삼리 끝자락
남해화학 보수공사 현장 가면 지금도
식판 가득 고봉으로 머슴밥 먹고
유류 탱크 밑 그늘에 누워 선잠 든 사람 있으리

이삼십 분 눈 붙임이지만 그 맛
간밤 갈대밭 우그러뜨리던 그 짓보다 찰져
신문 쪼가리 석면 쪼가리
깔기도 전에 몰려들던 몽환

필사적으로 필사적으로

꿈 자락 붙들고 늘어지다가도

소 혀처럼 따가운 햇볕이 날름 이마를 훑으면

비실비실 눈 감은 채로

남은 그늘 찾아 옮기던 순한 행렬

—「꿀잠」 전문

시집의 표제작이기도 한 「꿀잠」은 일용노동자의 점심시간을 생생하게 보여준다. 위 시는 일하고 밥 먹고 잠깐 눈 붙이는 노동자의 낮잠을 자연스럽게 쫓아가며 그들의 고단한 삶의 일단을 평화스럽게 보여주는 데 성공한 시다. "남해화학 보수공사 현장"에서 "머슴밥 먹고" 짧은 "이삼십 분"이지만, "꿈 자락을 붙들고 늘어지"고 싶은 꿀맛 같은 잠을 통해, 평화롭고 따사로운 노동자의 시간을 그려내고 있다.

"천장 있는 곳에서/ 일해보는 게 소원이던 시절"의 이야기인 「철야」라는 시에서는 천장 없는 곳에서 일하다 "칡넝쿨마냥 얽혀" 곤히 잠든 노동자들의 모습이 공구와 기계들의 모습과 중첩된다. 여기서 "얽히고설켜" 고요한 전기선과 그라인더선, 절단기선, 알곤선, 용접홀다선, 체인블록 등을 장황하게 나열한 것은 기계적 상상력보다는 현장에 대한 애정과 얽히고설켜 살아가는 노동자들에 대한 일체감과 따스한 시선에서 비롯된다. 기계와 한 몸이 되어 잠든 철야의 풍경이 곤하면서도 따스하게 느껴지는 것은 바로 그런 연유이다.

5

　송경동의 첫 시집은 노동이라는 추상이 마스크를 벗고 근육과 힘줄과 표정을 드러낸 만물상이다. 선반 켜켜이 "꼬막처럼 닫힌 속살 열지 않던 짜디짠 벌교 가시내"를 쫓아다니는 소년과, 곤봉 든 체포조에게 "선한 얼굴로" 애걸하는 어린 조하이공과, "식판 가득 고봉으로 머슴밥 먹고" 선 채 꿀잠에 든 노가다의 "순한 행렬"이 숨은 그림처럼 숨어 있다. 낡은 만물상 중심에는 첨단 자동화 시대에 맞지 않는 옷을 입고, 와야줄과 쇠살과 철골 빔과 핸드드릴과 400볼트 홀다선과 불꽃 튀는 용접봉을 들고 서 있는 "미장이목수철근곰빵질통전기조적방통공구리덴죠닥트선반칠도배"가 있다.

　현실에서 "빌어먹을화상쪼다머저리푼수벅수웬수개병쟁이귀머거리반팽이칠뜨기얼치기반푼이팔푼이"들은 이곳에서 주인공이 되어 놀며 마시며, 멀리서 그러나 확고하게 속삭이는 소리를 듣는다. "아, 당신이 한 용접 참 튼실합디다", 이 한마디에는 오늘 이 순간도 여전히 회복해야 할 것은 노동의 가치와 인간의 존엄성이요, 순하고 선한 사람의 얼굴이라는 시인의 꿈과

결기가 배어 있다.

기차보다 더 멀리 걷던 사내

기차보다 더 빨리 걷던 사내

베잠방이에 머릿수건 두르고

청청한 하늘 쩡쩡한 햇살 잡아두고

한 발짝 한 발짝 5cm 간격으로

파란 모 심던 사내

—「내가 새마을호를 타고 순천에서 서울까지

숨 가쁘게 달리는 동안」 전문

난 저 강물의 밑바닥에도 손이 달려 있다고 믿어야.

이 산 저 산 기슭에서 몰려와 작업 라인이나

판매 라인 앞에 붙어 선 아이들처럼

일렬로 늘어선 손들이, 안간힘으로

강바닥을 후비며 앞으로 한 손 나아갈 때

꽉 째인 톱니바퀴처럼 무거운 저 강물도

비로소 울컥, 한 바퀴 굴러가는 거라 믿어야.

—「모래톱」 전문

우리가 숨 가쁘게 달리는 동안 사내는 "베잠방이에 머릿수건 두르고", "한 발짝 한 발짝" 파란 모를 심고 있다. 이 시대 많은 지식인과 시인들이 환멸과 욕망이라는 전차를 타고 고독하게 열심히 달리는 동안 농부는 "쩡쩡한 햇살" 아래서 정확한 간격으로 대지를 일구고 있었다. 우리가 공동체와 치열한 정신과 이성에 지쳐서 거대담론과 골치 아픈 이데올로기와 목적의식성이라는 손님을 내리고 다양성과 해체라는 손님을 태우고 질주하는 동안 "이 산 저 산 기슭에서 몰려와 작업 라인이나", "판매 라인 앞에 붙어선 아이들처럼" "일렬로 늘어선 손들이, 안간힘으로/ 강바닥을 후비며 앞으로" 나아가고 있었다.

우리가 지난 연대의 거대담론과 이데올로기에 마침표를 찍는 순간 모든 것은 감각과 새로움으로 환원되었고, 중요한 것은 내용이 아니라 이미지요, 새로움과 기발함으로 대체되었다. 그곳에는 무반성적인 감각의 수사학들이 도드라졌다. 또한 그 대척점에 순수 서정주의와 선적 정신주의가 놓여 있었다. 욕망과 금욕 사이에 무엇이 있었는가? 양자 사이에서 왔다 갔다 하는 불행한 의식이 있었다.

다른 길은 없는가? 다른 삶은 없는가? 850만이 넘어가는 비정규직이 생존의 불안을 양식 삼아 살아가는 시대, 민이 해체되고 내 존재조차 해체되고 파편화된 이 시대에 시는 무엇인가? 시는 어떤 모습으로 존재하는가? 그들에게 읽히지 않는 시는 과연 대다수의 민중들에게 무엇으로 다가가는가? 이 탐문의 접점에 우리는 서 있다.

6

　아주 오랫동안 송경동 시인은 구로노동자문학회에서 시를 쓰면서 노동운동가이자 문화활동가로서의 삶을 살아왔다. 80년대 말, 노동자문학회는 전국 수십 군데에서 지역 노동자문학회를 꾸리며 지역의 노동 대중과 함께 전국적인 연대 활동을 해왔다. 아직도 노동자문학이냐는 안타까움과 우려 속에서 여전히 노동자문학을 자신의 존재 기반이자 의식의 지반으로 삼아왔다. 노동자문학만이 참된 의미에서의 문학이라는 신념 때문이 아니라, 자신의 체험과 생활 지반이 노동자의 정체성을 요구했기에, 노동자로서의 존재적 고민과 삶의 체험을 가장 주요하고도 소중한 문학의 질료로 삼고자 했다. 하지만 노동자문학회는 쇠퇴일로를 거쳐 점점 폐업을 하게 되었고, 노동자들의 어둡고 아픈 삶은 크게 바뀌지 않았다.

　솔직하게 말하자면 그동안 노동자문학은 미학적 상상력을 높이려는 노력에 게을렀다. 부분적으로 민중의 힘이 역사의 표면에 분출되어 나오는 정도에 비례하여 목소리를 높이고 자족하는 게으름을 보여주기도 했다. 하여 개인의 문학적 역량보다 노동운동의 성장 여하에 따라 작품의 질이 다르게 설정되기도 하고, 노동자들의 생활 체험이야말로 상상적 수식을 가하지 않더라도 그 자체로 진실된 감동을 전해준다는 발상 때문에 미학과 방법론에 불철저했다. 대안적인 문화 구조를 만들어내야 한다는 올바른 지향을 가졌음에도 불구하고 파편화된 상태로 방치되거나 구호로서 제기될 뿐, 기존에 축적해놓은 문학적 세계관이나 미학적 기준을 토대로 새로운 미학과 방법론을 육화해내는 데 실패했다. 그 어느 접점에 송경도의 시가 놓여 있다.

송경동 시인은 개인적으로 '진정한 시인이란 시를 버릴 수도 있는 사람'이라 생각하는 사람이다. 그는 온몸으로 밀고 나가는 시가 아니면, 깨끗이 시를 버릴 수도 있어야 한다는 몸의 시학을 믿는다. "나 참, 시 안 쓰면 죽는답디까?" 이것이 송경동의 시가 시가 되게 하는 힘이요, 또한 시가 안 되게 하는 홈이기도 하다. 과학과 문학의 문법이 다르다는 걸 당연히 인정한다면 문학은 반성적 사유 속에 끊임없이 자기를 밀어 넣어야 정직하다. 또한 과학과 문학의 사유와 형상화 과정이 근본적으로 다르다는 기본 논리를 받아들인다면 이제는 당연하게도 투쟁이냐 문학이냐를 이분법에서 자유로워야 할 것이다. 아니 양자를 동시에 바라볼 수 있어야 할 것이다.

시의 형식에 있어 송경동 시인은 반복법과 점층법, 연쇄법을 자주 사용하는데, 시의 핵에 육박해 들어가는 힘을 주기도 하고, 시상의 핵을 흐리게 만들거나 지루하게 하는 결과를 낳기도 한다. 적절하게 균형을 유지하는 경우에는 연쇄적으로 맞물려 이미지와 시상을 명확하게 하는 효과를 낳고 있다. 하지만 시 하나에 너무 욕심을 부려 시로서의 집이 와해되어버리기도 한다. 그려내기보다 말하고자 하고, 존재하기 이전에 의미를 부여하려 한다. 이것이 송경동의 시가 돌파하고 지양해야 할 지점이라 생각한다.

약육강식의 논리와 가진 자의 지배 질서가 달라지지 않았다는 점에서 1980년대의 탈수사학적, 근본주의적인 시 쓰기는 여전히 유효한 담론이라 믿는다. 하지만 약한 지반을 뚫고 나오는 시적 저항은 이념적 주장이나 낭만주의적 열정이 아니라, 미적 현대성을 끝까지 밀고 나가는 노력과 고투에 있을 것이다. 죽음과 아픔과 불우를 자신의 몫으로 끌어안는 시, 지는 쪽에 운명을 거는 시, 무조건 이겨야 한다는 현실 논리를 정면으로 배반하는 시. 그 운명을 끌어안고 뒹구는 것만이 불우와 죽음과 아픔을 넘어서는 길이라 생각한다. 폭력이자 권력인 "말과 함께 살지 않"겠다는 그의 시가 부디 현대시의 죽음을 딛고 시인의 영혼을 해방하고 상처 입은 자들을 어루만지는 시로 장성하기를 바란다.

꿀잠

초판 1쇄 발행 · 2006년 3월 30일
 3판 1쇄 발행 · 2019년 2월 27일

지은이 · 송경동
펴낸이 · 황규관

펴낸곳 · 도서출판 삶창
출판등록 · 2010년 11월 30일 제2010-000168호
주소 · 04149 서울시 마포구 대흥로 84-6, 302호
전화 · 02-848-3097
팩스 · 02-848-3094

디자인 · 정하연
인쇄 · 신화코아퍼레이션
제책 · 국일문화사

ⓒ 송경동, 2006
ISBN 978-89-90492-26-5 03810